Título original: *Josefine*
Editor original: LAPPAN Verlag GmbH belonging to CARLSEN Verlag GmbH, Hamburg
www.lappan.de
Texto e ilustraciones: Sebastian Loth
www.sebastian-loth.de

Traducción: Equipo Editorial

1.ª edición Noviembre 2016

Copyright © 2015 by Lappan Verlag GmbH belonging to Carlsen Verlag GmbH, Hamburg
All Rights Reserved
This book was negotiated through Ute Körner Literary Agent, Barcelona, www.uklitag.com
© 2016 by Ediciones Urano, S.A.U.
Aribau, 142, pral. – 08036 Barcelona
www.uranito.com

ISBN: 978-84-16773-03-9
E-ISBN: 978-84-16715-42-8
Depósito legal: B-16.175-2016

Fotocomposición: Ediciones Urano, S.A.U.

Impreso por: UNIGRAF, S.L.
Avda. Cámara de la Industria 38 – 28938 Móstoles (Madrid)

Impreso en España – *Printed in Spain*

Josefina

Sebastian Loth

Uranito

Argentina • Chile • Colombia • España
Estados Unidos • México • Perú • Uruguay • Venezuela

Había una vez
una gallina muy feliz
que se llamaba Josefina.

Cada día picoteaba el suelo en busca
de los gusanos más suculentos...

se echaba un ratito al sol...

se lavaba a conciencia...

aunque, más tarde, disfrutaba
levantando una gran polvareda...

y, por las noches,
se subía a su rama favorita
para dormir.

En pocas palabras:
¡Josefina llevaba una vida fantástica!

Hasta que un día se dio cuenta
de que todas las demás gallinas
estaban sentadas encima
de sus respectivos huevos.

¡Ella también quería uno!

Empujó con todas
sus fuerzas...

hizo un poco de yoga...

se bebió un litro entero de vinagre
de manzana...

se leyó un montón de libros
sobre el tema...

fue al médico gallinólogo...

y se embadurnó
con crema de las patas
a la cabeza...

¡Pero nada funcionó!

Josefina se puso muy triste.

Entonces, empezó a llover.

Llovió durante tres días...

y tres noches...

pero finalmente el sol
se abrió paso entre
las negras nubes.

«¡Ya está bien!»,
dijo Josefina.

«¡Me voy de compras!»

Se subió al primer autobús que pasó
para ir a la ciudad...

y se compró algo que siempre
había querido:

¡Unos patines en línea!

Sin esperar ni un segundo,
se los calzó...

y se lanzó a la aventura...

montaña arriba y montaña abajo...

y por campo a través.

Y hasta hacía piruetas...

¡Y se sentía feliz
como una perdiz!

Hasta que...

se encontró con un árbol
que estaba donde no debía.

Por suerte,
Josefina cayó sobre un lecho
de mullida hierba.

Al principio,
se quedó un poco aturdida
por el susto...

pero después le dio tal ataque
de risa que no podía parar.

De repente, le entraron
unas enormes ganas de empujar...

y la tripa le rugía sin parar...

¡Se oyó un plopppp!

Y allí estaba...

¡Su primer huevo!

Y Josefina sintió
que lo quería un montón.

 Para ti, Josefina